句集

月と書く

sumiko ikeda
tsuki to kaku

池田澄子

朔出版

句集　月と書く
目次

装幀　水戸部 功

句集　月と書く

朋

五六句

早春と言うたび唇がとがる

月を待つ春の空かな誕生日

はるかぜと声にだしたりして体

生後八十余年春には桃さくら

鶫めじろ椋すゞめ花散らし散らし

夕風や桜を見上げ合えば朋

空蟬の見られ疲れの背の割れ目

落蟬に蟻辿り着く夕日かな

大空を区切るすべなく敗戦日

じゃ又と振る手儚し色なき風

一葉落ち天下とはこの辺りらし

まんじゅしゃげ同じ丈ゆえからまるわ

鶏頭の赤の粒々ざかりかな

強風のすとんとやみしコスモス

島国や脈拍いかに小鳥来る

秋祭ゆく水に灯の映りそむ

諾に○して嬉しい夜の鰯雲

日ごと古る家また我や雨の月

ガードレールの凹みや錆や渓紅葉
かつ散りて眉間は皺を寄せたがる

青虫の食べ終わらない後姿

芒は光なのか揺れると光るのか

好物のくさや臭しよ島の秋

大島の山茶花の散りざかりかな

自ずから枯れては散りて光の中

厚着暑し陸軍監視所跡に立つとき

蛇寒い筈日々老いて眠い筈

ひかり満つ嘗て銃後の枯葦原

どの家も遺影は微笑ささめ雪

膝掛や酒が回るという言い方

お飾りの藁の匂いや雪降るか

手袋に暫く咲いてくれて雪

他事ながら我は女性ぞ結び昆布

薄氷や汨羅は遠いので行かぬ

春愁の膝のお皿をぐにゅぐにゅと
門灯を点けると暮れて白椿

穴を出し蛇恥ずかしく振り向くか

六道に草青むなら靴はこれ

そよ風やミモザ大樹が黄を噴いて
ほゞ元気新茶のための湯を冷まし

石に彫りし言葉は永久か未草

湯水のようにつかういのちと竹の花

玉と散りし肉の慚愧を緑の山

涼しいか六つの巷という処

浮巣らし浮巣なら欲し誰も居ぬ

葉隠れに熟れてゴーヤの見つかりぬ

カマキリの初めましてという立ち方
秋海棠の節々の紅が呼ぶのよ

未亡人にも慣れて南瓜を焦がしたわ
家々へ電気・水・人・月明り

椋が来て雀が逃げて鳥が来

紅葉黄葉雨雫月雫

行って帰って行きたくなって佳い月夜

寝落ちつつ想う花野や何処の花野

晩秋と思いぬ不意に逢いたくなる

お久しぶり！と手を握ったわ過去の秋

露

四八句

露の世の露草へ身をやや折りぬ

生生流転種無し葡萄に時に種

敏雄忌の晴れて冬草光り合う

死も佳さそう黒豆じっくり煮るも佳し

人参の自惚れの朱を乱切りに

夕されば灯して家や隅に葱

天井の四隅きっぱり大旦

見つめたり喉のぞいたり初鏡

万両や実の鈴生りに日々耐えて

凍蝶の自愛の翅のたたみよう

やっと逢えて近付かないで初時雨

冬木の芽さぞやこの世の怖からん

湧水の凍りたし凍りたしと光る

地震警報のち速報やシクラメン

痛くないように蜜柑を投げてよこす

疫病の話に戻る黄粉餅

買い置きの葱の萎れも夕ごころ
ハツユキと言葉にだして寝てしまう

無いように日輪渡る野水仙

日向は今日も静かに移動してみせる

水仙や眼下の海へゆく径なし

荒磯に傾ぎ鹿尾菜の背負い籠

節分の隠し包丁有り難う

春雨や錦糸卵に泡のあと

そよかぜのまぁまぁ春という感じ

常の日や梅は案外匂わずに

春一番顔を作っているところ

人心に鳥語とどきぬ春の風

花の下こっちこっちと手のひらひら

花ふぶき知らぬ同士のわーっと言う

此の世から花の便りをどう出すか
極楽は歩いて行けるぺんぺん草

花の日のボートさびしやさびしやと

水掬うように仔猫を私す

ウイルスの新株とか桃の花芽とか
大概のことはどうでも飛花落花

灯の飛花や水面を嫌というふうに

映る灯やときおり花筏の通る

逢いたいという恥ずかしき言葉若葉
若葉して確かこの木が酔芙蓉

此処はよく昔来たとこ山法師

日々彼を思うとはかぎらねど涼し

不意に風立つ迎え火の消える前

目も耳もさわればありて菊月夜

熟イチジクから蟻ワタクシから噓

多分ヨイショと逆さになった鴨の尻

空腹の鷹をどこぞに風と雨
鷹化して鳩となるなら我は樹に

光

六四句

蠟梅のついに匂ってしまって昼

卓上の夕刊の上の蕗の薹

梅園を歩き桜の話など
庭帚寝かせてあって蕗咲いて

春日遅々瓦斯の炎を丸く咲かせ

夕風のやがて夜風の芽の柳

ゴールデン・ウィーク幸福追求権

葉桜の隙間隙間や光は愛

草笛の鳴ったとも言いがたけれど
毎朝毎夕腹すく幸を走り梅雨

紫陽花や雨のあがりし夜を光り
毎年の今年の蛍袋多謝

涼風と鈴かすてらという菓子と

立つ前に卓布を均し梅雨に入る

白羽の矢と飛燕と月日どれが速い
水馬さびしいか水凹まして

木陰から日傘の人を手招きぬ

赤んぼの指に爪ある涼しさよ

冷房や指輪は捨てず小箱の中

鳥籠に隠れ場所なく夕焼け濃し

夕涼の川という文字うつくしや

夏の月逢えない友たちは寝たか

神よりも仏やさしや茄子の花

ゆすらうめ口の中には歯があって

降りみ降らずみ蓮の葉に言の葉に
一日の終わりの虫刺されの薬

冷奴あまり冷たくなくなりぬ

友よ如何にと人それぞれに汗をかく

めまといが居るらしあの手の振り方は

蟻蠓とようやく書いて川のほとり

日は一つ向日葵に種多すぎる

緑蔭を頒ち合いおる御縁かな

日は真上緋鯉は緋色に飽きないか

白百合や息を殺したあとの呼気

大切な皿は使わず遠花火

行ったことあるあるテレビニュースの瀧

昼顔の茎の丈夫の憐れなど

夕焼に突っこむまぼろしのやんま

目が覚めて眠いと思う百合と思う

朝の光が辛いか阿蘭陀獅子頭

人棲まぬ家の大黒柱首夏

日輪遠し孵り浮きたる黄揚羽に

指す指のずーっと先の糸とんぼ

年取れば若いと言わる敗戦日

見られちゃならぬ残暑の足の小指の爪

咲かんずと朝顔うごきおるならん

ひめむかしよもぎと言ってみてしあわせ

日の暮に少し間のある酔芙蓉

初咲きの芙蓉しぼむを見ててあげる

夕風を見せてくださり乱れ草

白桃のために小鉢のように掌を

迎え火に傘のいらないほどの雨

慈雨沢雨そして月待ちごこちかな

送り火消ゆ立つによいしょのしょが声に

待宵やむかし在せしノンノ様

立待の冷えのととのう木のベンチ

月夜かな腸の長さのなさけなく
水澄むや他はどうでもよいように

木々嬉し秋ョ秋ョと小鳥たち

秋の蝶しずかになさい冬が其処

なさけなく肺を撮られて日短か

空腹の象また熊や天の川

逢いたしと切に素秋の夜風かな
愛し合うとは夕月を嬉しがる

水

つづれさせこおろぎと言いながら書く

水澄むと書くとワタクシ澄んでしまう

何色と問われねど黄や秋の蝶

吊し柿甘く粉を噴き口惜しけれ

小鳥来る枝垂れて葉っぱ小さな木

野遊びの疲れのあとや月遊び

柚子に黄の兆してよりの窓の幸

脳の真闇の入口出口あきのかぜ

いざよいの月の通って行きつつあり
パソコンに籠もる熱など虫しぐれ

剝いてある林檎錆びゆき何故　空爆

生水の飲めない国もあり銀河

鳥よ人よクロガネモチノキに実かな

よい月夜よい知恵の出ぬ者同士

秋が冬になったばかりの腰の辺り
風をよく通した部屋をあたためる

鯛焼のさびしいはずかしい形

しぐれ忌や湯舟の足の方が西

越年と思う眼鏡を洗って拭く

新しい年を待たせて湯を沸かす

浴室のいずこも濡れて初昔

風の音それとも葦の枯れる音

明けましてあぁ唇が荒れている

前髪をやや切りすぎの初鏡

夜半から雪になるらし鯉の口

初雪の残り具合や玻璃戸に息

日輪の白く在る日の枯葦原

消防署車庫に車のなく凍晴

あの人あの人あの人も居ず寒夕焼

目が覚めて私生きてて春立ちぬ

鶏病めば急ぎ殺して人の春

みんな死ぬ味付海苔はすぐ湿気る

真春真昼の白いご飯を半殺し

春の霰あれはほんとは我が欠片

咲けば散る桜や白く咲きそめし

椿寿忌の鎌倉彫の銘々皿

花まつり虚子の話にまた戻る

さよならと互いに蓬の匂いの手

咲き急ぐ桜よ此処からは見えず
春昼の懐中しるこを見守りぬ

母子草日に日に年をとりながら

春愁のともかくも手をよく洗う

地上かく淋しく三味線草の花

花冷えや逃亡するには服が派手

星

四〇句

本棚の先生の場所千代の春

御降りや遺言書くには字が下手で

淡交は性に合わぬよ荒星よ

寒い月夜の坂を嬉しと疲れ合う

春風と思えば嬉しあぁ寒し
鶯かスンとも声を出さず去る

いつものように逢って桜を褒めようよ
杉花粉杉を覚えているだろうか

逢って笑って草餅に餅草の筋

風ふっとやみたる鬱金桜かな

幸あれよ薔薇の葉裏に棲む虫も
忘却は体に佳けれ時鳥

また夏や戦没者慰霊碑に氏名は永久

沖縄慰霊の日のすぐ乾く枕カバー

郭公の方へ方へと路細む

半夏雨シャープペンシルには優しく

蓮ぽっとひらき送電線きれい

溽暑の夜のテレビニュースを嘆き合う

音無しの背後おそろし瀧の前

通りすがりという佳い言葉月見草

逢う前の髪を手櫛の涼しさよ

健やかなれ我を朋とす夜の蜘蛛

青葉濃し今夜便りを書くつもり

蛇の尾の筋肉質の喜怒と愛

夕顔をくるむ暮色の空気かな

サビシイと久しく言わず夕顔垣

寝て覚めて此の世暑くて寝返りぬ

短夜と思う枕を手で均す

目が覚めてもう少し寝て秋に入る

敗戦日父よ夕風のように来ませ

夕涼の湖畔は人を走らせる
帰ってもひとりだけれど綺麗な月

いなつるびしんぱいされていて嬉し

魚の腸こそぐ刃物も秋のくれ

お清汁《すまし》に灯の映り揺れ虫しぐれ

秋はさびしと決めてかかりし紅生姜

青い林檎赤い林檎を剝いて盛る

音は凩そろそろ寝るとさっきから

寒くなるからと電話をくださりぬ
人々よ着重ねましょう夜は永し

霧

四〇句

国境は縄張っておけクローバー

明朝体の戦乱・春蘭・歎異抄

神様は何処にどうして梅は蘂

カラスただしくアーッアーッと夕桜

区切れなき空かな柳絮よく飛ぶ日

日本は初夏テレビにきらきら焼夷弾

伸べし手をウフッとよけたでしょ揚羽

トンネルを出て万緑の雨景色

真夜を猛暑のツイート&リツイート
とどくとはかぎらぬことば夏百夜

水換えるとは葉をむしり薔薇を捨て

灯の卓に落ち見つめられ死にゆく羽蟻

八・一五・正午ＰＣシャットダウン
アイライン入れたら泣くな敗戦日

夏休みも終るウイルス拡大図

青空は井戸より深しアカトンボ

逢いたいと書いてはならぬ月と書く
待てど待てど星は流れず我は我

つわぶきの莟盛りにさしかかる

小鳥来て妹ひとつ歳とりぬ

さっきから呼ばわれごこち夕花野

満月の裏に闇夜のあり浮世

木の葉散り散る永遠に散るように

四囲の山のひとつへ釣瓶落しの日

霧やさし遠近灯り合いはじむ

狭霧隠れの家々人々亡き人々

なんとなく味醂少々文化の日

明日から冷え込むという散蓮華

うつそみと気取って書いている寒い
踏み滑る落葉や知人なき郷里

裸木の濡れて困っているような
腿で手をぬくめながらや枯野の椅子

空腹のたのしさ凍空の青さ

日遍しそして寒くて川のほとり

ごめんごめんと手袋を噛んで脱ぐ

冬の苔昨夜の雨を大切に

この道や寒く夕日の美しく

〆切を守るよう悪い風邪もらわぬよう

坂あって手摺があって春の霜

そよかぜの葉芽か花芽か何の木か

蝶

四〇句

夕顔の蕾うごきぬ明日は平時か

膝の蟻とっさに潰せし指を拭て

色鯉の白のところが恥ずかしげ

女王蟻に月の匂いを知らせねば

山の方から山彦とあきかぜ来

萩咲いて使い勝手のよい箒

私ひとりに過分の曼珠沙華曼珠沙華
行く方に夕月白し風やわらか

ずいぶん逢っていなくて桃梨葡萄の旬
懐かしきなんやかんややや秋の風

逢いにゆく径なふさぎそ秋ざくら
橋在りて水澄むという言葉など

湖は空に覆われ雁の竿

草と我そよぎてなどか月の雫

空気囲いの地球でこぼこ鳥渡る

野を渡りきて秋風とよばれている

お大事にと言って言われていて無月

風の便りと風聞草をこの世かな

黄落や日当る幹とわが額

返信したことはしたけど秋のくれ

心残りはゴムで束ねて枯枝に
寒い夜の卍どう書く風呂は沸いた

其処を曲がらず行けば雪積む汚水槽

風邪ぎみの日ぐれ高枝ごこちかな

暖房暑しこれは小骨であると舌

年惜しむとは糖分を摂りすぎる

初春の氷のなかの空気かな

春を待ちかね覚えたり忘れたり

雨になりそうで山椒に花と棘

ふけたねと笑いし奴の忌の椿

春寒き街を焼くとは人を焼く

焼き尽くさば消ゆる戦火や霾晦

蝶よ川の向こうの蝶は邪魔ですか

心よりと書いてしまって春深し

人類に地べた僂し揚花火

八月や大空大川しずかに在れ

柚子坊にわが手の平の荒野かな

秋草を剪って束ねて我も草

散り下手の秋の薔薇どち夕日の中

「私は」と書き恥ずかしや月は何処

月と書く　畢

後記

ある朝、いつものように目が覚めて、いつものように、今日は何をするのだったかをぼんやりと考え始めていると突然、前句集以後の句を纏めてしまいたくなった。どうしたの私、と驚きながら起き上がった。家事を済ませ、いつものようにパソコンを開いて気が付いた。

前句集『此処』を纏めたあとのコロナウイルス出現以来、人が人に逢えなくなった。更に信じがたい戦争。他の動物は爆撃などしない。戦争は駄目、と、嘆く日々が続いている。

その心の飢えを抱えながら、逢いたい逢いたいと書いていた日々を、過去のことにして出直したい気持が体内に満ち溢れてしまったらしい。

逢いたい人に逢えて、あぁ世の中に戦争などない暮らしに戻らないことには、人心地がしない。その口惜しさが飽和状態になったらしい。

などと、他人を見るように自分を眺めながら更に、第一句集を纏めた頃の自分、見守ってくださる先生のいらした、あの、ひたすら未来に向いていた日々に戻りたくなった。そして今、錯覚にしろ私は、確かに第一句集以前に戻っている。

俳句に出逢った人生の成り行きに感謝しながら、それ故に出逢った人々を思い、身近に居てくださる友人を思い、遠い地の友を思い家族を思い、今、『此処』に続き拙著を造ってくださる朔出版社主・鈴木忍氏、今回も今頃、装丁を考え始めてくださっているかもしれない水戸部功氏に、深く感謝しながら、人類よ、地球を壊さないで、と、またも心から、どうしても思ってしまっている。

二〇二三年三月二五日

池田澄子

著者略歴

池田澄子（いけだ　すみこ）

1936年3月25日、鎌倉に生まれ、多く新潟で育つ。

30歳代後半に俳句に出会い、1975年「群島」入会のち同人。主宰・堀井鶏逝去により「群島」終刊。

1983年より三橋敏雄に私淑、のち師事。三橋敏雄の勧めで「俳句評論」入会、「面」句会に参加。高柳重信逝去により「俳句評論」終刊。その後、三橋敏雄指導「檣の会」に通う。

1988年「未定」「船団」、1995年「豈」に入会。

2001年12月1日、三橋敏雄逝去。

2020年「船団」散在、同人誌「トイ」創刊に参加。

2021年、現代俳句大賞受賞。

句集　『空の庭』（現代俳句協会賞）『いつしか人に生まれて』『ゆく船』『現代俳句文庫29・池田澄子句集』『たましいの話』（宗左近俳句大賞）『拝復』『思ってます』『此処』（読売文学賞 詩歌俳句賞、俳句四季大賞）
対談集　『金子兜太×池田澄子　兜太百句を読む』
散文集　『あさがや草紙』『休むに似たり』『シリーズ自句自解1・ベスト100　池田澄子』『本当は逢いたし』『三橋敏雄の百句』

現在、「豈」「トイ」同人。

句集　月《つき》と書《か》く

2023年6月7日　初版発行

著　者　　池田澄子

発行者　　鈴木　忍

発行所　　株式会社 朔《さく》出版
〒173-0021　東京都板橋区弥生町49-12-501
電話　03-5926-4386　　振替　00140-0-673315
https://saku-pub.com　E-mail　info@saku-pub.com

印刷製本　中央精版印刷株式会社

ISBN978-4-908978-93-7　C0092　¥2600E